KB201768

숫눈을 밟으며

황금알 시인선 304
숫눈을 밟으며

초판발행일 | 2024년 12월 7일

지은이 | 황형자
펴낸곳 | 도서출판 황금알
펴낸이 | 金永馥
주간 | 김영탁
편집실장 | 조경숙
표지디자인 | 칼라박스
주소 | 03088 서울시 종로구 이화장2길 29-3, 104호(동숭동)
전화 | 02)2275-9171
팩스 | 02)2275-9172
이메일 | tibet21@hanmail.net
홈페이지 | http://goldegg21.com
출판등록 | 2003년 03월 26일(제300-2003-230호)

숫눈을 밟으며

황형자 시집

황금알

원고지에 한 생애를 녹여 낸다는 것이
얼마나 어려운 일인지 다시 느끼게 되었다.
내 안에 가꾸고 가꾸었던 은유와 상징의 날들
내면에서만 들끓었던
기억과 한숨과 눈물을
차마 지울 수 없어
이 작은 시집에 담아본다.

외롭고 공허해도 늘 위로가 되어준 시
항상 곁에 있는 가족들에게
고마운 마음을 전한다.
커튼을 열고 보는 가을 아침 햇살이
눈부시게 환하다.

2024년 시월 아침 강진에서

차 례

2부 강진만 갈대밭

3부 빈집

4부 눈길

1부

마량에 가다

마량*에 가다

마량…….
너를 부르면
말머리 닮은 마을에
밤새 정박했던 안개가
서서히 걷히고

연필에 침 발라 쭉 그은 수평선
비릿한 지느러미 쏟아내며
포구에 몰려드는 바다
등 푸른 슬픔이 펄떡이면
그 위에 굵은 소금 던져주는 아침

끝없이 끝없이 부서지는 파도

눈썹 같은 해안선에서
생계의 그물을 깁는 아낙
물살이 고단한 항해를 멈추고
설핏 노루잠을 자는 곳

목울대에 차오른 설움
저물녘 생채기가 붉게 터지고
원시遠視의 눈빛을 뿌리는 등대

마량…….
너를 부르면
오랜 언약처럼
속눈썹이 젖어
간절해지는 이름 하나

* 마량(馬良): 전남 강진군 마량면

어느 소아병동에서

물컵 속 감자에서는 싹이 돋아나고 있다
엄마는 입술이 바싹 타들어 가고
피 말리는 한숨을 토해낸다

아기를 두 팔로 껴안아 보지만
안을수록 경직된 아기의 몸
얼굴에서는 신열의 꽃들이 피어나고
일그러진 어둠이 아기를 사육하고 있다

다리를 접고 펴고
매일 척추 세워주며 사무치게 기도한다
겨울나무처럼 자음들을 모두 떨구어내고
모음만을 스산하게 발음하는 엄마는
다시 산통하고 싶다고
링거의 긴 줄처럼 기도가 길어진다

속눈썹이 긴 아이 눈이 파르르 떨다
새근거린다 잠시 잠들었나 보다
아이의 입가에 오랜만의 미소가 보인다

풀밭에서 뛰어노는 꿈을 꾸고 있는지

병실 문으로
선물처럼 수액을 든 간호사들이 들어온다
크리스마스이브다

열려라, 참깨

장마철 축축한 바람을 걷어내며
새벽잠 덜 깬 초여름이 피어난다

물드는 노을을 뒤로 한 채
조개 잡는 아낙네들

머리에 광주리 하나씩을 이고
까르르 까르르 웃음소리 쏟아지는 저녁

깻대에 층층이 매달린 열매처럼
줄지어 밭둑길을 걸어간다

날마다 깨가 쏟아진다는 새색시가
연분홍 볼을 붉히며 뒤따르고

동네 개들 짖는 소리와 함께
목젖을 내놓고 웃는 아낙들

초저녁 달빛이
고소한 참기름 한 방울까지 짜내고 있다

16

대흥사 동백

두륜산에
낮게 엎드린 운무가
산문으로 흘러든다

연둣빛 이파리마다
염주알로 맺힌 새벽이슬

동백은
몇천 년 전
아득한 전생으로 가지를 뻗어
동박새 한 마리 울음소리를 날려 보낸다

범종 소리에 온몸의 불을 켜는
천년의 고찰, 대흥사 동백
머언 허공으로 색(色)이 흩어진다

겨울, 김유정역

수수 울타리 사이에
허기진 저녁이 차오른다

박녹주를 사랑한다던 한 사내의
충혈된 눈 같은 하늘이
울컥 각혈을 토한 듯 점점 붉어지고

멀리서 들리는 기적 소리에
생각났다는 듯이 흩날리는 눈발
발목이 가는 새 몇 마리가
야윈 나뭇가지를 흔들며 날아가고

서로의 허무를 확인하며
개찰구를 나서 떠나간 사람들은
돌아오지 않고

나 홀로 여기 앉아
철로처럼 속울음 키울 때면
눈물을 그러안는 침목들의 한 세월

상심한 계절이 또 지나가고
역의 그림자가 점점 더 길어지고 있었다

숲으로

초록 심장을 가진 나무들은
어떤 색의 피가 흐를까

삭정이 툭, 부러지는 소리
창백한 내 전생의 한때가 만져지면

나뭇잎마다 맺힌 눈물
유리창에 번지다 사라지는 입김 같은
이승의 아침

뿌리부터 길어 올린 울음을
나이테에 새기고
푸릇푸릇 돋아나는 꽃 더미

가난할수록
더욱 무성해지는
내 마음속 숲으로

바람이 불어온다

고무줄놀이

가리약머리, 맘보머리
가래로 딴 머리, 가르마 탄 단발머리
바람에 배어 나온 봄 향기로
해맑은 웃음소리가 분장한다

고무신에 발 바꿔가며
고무줄 넘기에 즐거움으로 배 불렸던
향토 흙먼지가 짧은 치마에 엉키어 춤을 추고
하늘은 푸르고 푸른데
놀이의 합창 소리로
계절에 활짝 핀 작은 장다리꽃 같은 계집애들

종달새 노래 듣고
봄 나비 한 쌍
팔랑팔랑 춤을 추는 봄 나비 한 쌍

까마득한 어린 날

슬프고도 가난한 사람들이
서로 도와가며 모여 살던 집성촌

작은댁 할머니

오매, 그랬어야
작은집 할머니가 돌아가셨다고야
참말로 좋은 분이었는디
인자는 영 못 보겠다야잉

어리디어린 것이 어디서 왔는지
도통 알 수가 없었다던
보따리 하나 딸랑 들고
서 있었다고 하더라
얼굴은 참말 고와서
할아버지 작은사람으로 살았능갑더라

드센 큰할머니 밑에서
성님! 소리 한 번도 못 하고
어디를 가고 싶어도 가질 못 하고
하기사 글자를 모르니께
'어느 차를 타더라도 알아야제'
할아버지가 글을 가르쳤다고 하더라

그래도 대농의 첩살이라
금 쌍가락지에 금팔찌에
분홍 꽃무늬 저고리에
양단 비단 치마 두르고
막걸리 두어 사발에
"임진강 얼음장에 팽이 치는 아해야"
시들어버린 젊음을 노래하던 작은할머니

아이 하나 낳지 못한 처녀의 몸으로
방바닥 쓸어 머리카락을 모으던
이렇게 눈 내리는 날
막걸릿잔 들면 생각나는
선한 눈의 작은할머니

겨울을 요리하다

항아리에 가득 담긴 옛날이
발효되고 있지요

짱짱한 배추 줄기 흰 눈도
소금 착착 뿌려주면
앙센 기운이 파르르 살아있는
이파리까지 꼬리를 내립니다

갈고 씻고 고아내고
채로 썰어 비비는 겨울

헐렁해진 배춧잎에
양념을 켜켜이 넣고 나면
물컹거리는 혀
접시가 흘러내리고

따순 수육과 막걸리 흥가가 달려듭니다
콧속을 톡 쏘는 웃음으로 입안을 헹구면
목을 타고 흐르는 달큼함

접시 위에 달라붙은 입술들이
금세 사라지는 한낮입니다
혀마다 매달린 고드름이
뚝뚝 녹아가는 겨울입니다

붉은 바람이

사랑이 쏟아진다
소나기처럼

우리는 붉은 봉숭아 빛으로
사랑을 버무린 적이 있었지요

그대 없이는 못 살 것 같아서
바람에 스치는 그대의 체취는
갓 세수 끝낸 상큼한 비누향 같았어요
동짓달 노루 꼬리처럼 짧은 해도
태양이 익을 대로 익은 하지 무렵 같았지요
심장이 뚱땅뚱땅 뛰는 것을 억누르고
퇴근해서 빼꼼히 문 열고 오길 기다렸지요
오롯이 펄펄 끓는 찌개에 그대를 담고서

언제부터가 그대의 주머니 속에서
아직 식지 않은 온기의 흔적을 엿보았지요
감칠맛 나는 부드러움 같은…….

여보, 미안해요 채워주지 못해서
우리 감나무 껍질 같은 손 잡고
나란히 걸어가 봅시다
무지갯빛 끓어오르는 붉은 바람의
가을로

생일도生日島*

1.
날마다 그리움이 태어나는 섬
짙은 안개 속에 떠오르는 백운산 동터오름을 보라

소하천 맑은 물 금곡해수욕장에
연을 맺고 동백숲에 사랑의 물꼬를 튼다

쏴아 쏴아…….
파도가 씻어내는 갯돌들
갈매기가 쪼고 간 바위 아래 모여든
갯물들이 살아가는 마을

2.
가지 못했던 외사랑이 내게 온다
전남 완도군 생일면 행정리 38반

500여 미터 갯돌밭이 소곤대는 마을
저녁이면 한 줄 한 줄 반짝이는 은비늘에

사랑을 띄우는 섬

늘 두고 온 고향이
그립다던 그 남자
이름 모를 야생화가 무장무장 피어나던
생일도, 오늘도 그리움은 늘
태어나기만 하고 늙어갈 줄 모르는
섬, 새벽녘 깊은 꿈속까지 따라와 철썩이는

* 생일도: 전남 완도군 생일면 소재의 섬

어느 가을, 고성사

구실잣밤나무가
익어가는 가을날

법당문 하나 열어놓고 기도하는
가지꽃같이 입술이 파리한
비구니 스님

어서 오이소
두 손으로 합장하는 머리 위로
단풍잎 떨어진다

시한부 작은스님을 보며 늘 마음 졸이며
약초 캐오시던 큰스님이
오늘 가부좌 틀고 열반하셨단다

며칠을 울다가 가는
동박새 소리에
나뭇가지가 흔들리고
붉게 물든 눈가에

목탁 소리 포개지는 저녁

포름한 안개만
짙게 가라앉은 탑

차가운 돌엔
달의 숨소리마저
그림자로 맴돈다

에두아르 레옹 고르테스* 그림 속으로

회화나무가 잎새를 떨구며
가을을 지우려 한다

들국 향기로 에워싸여있는 정원
모과 향을 광주리에 앉히고

오늘은 온통 당신 것이다.
에두아르 레옹 코르테스 씨

추적추적 내리는 안개비가 그치고
타들어 가는 형형한 불빛 속에
옷깃 여민 늦가을 숙녀가 서 있다

단 한 번도 클랙슨 소리가 울리지 않은
지프차가 저녁을 실어 나르고

저 직립으로 뻗어 있는 나무를 보라
캔버스에 샛노랗게 깊어가는 잎새처럼

고르테스 씨
내 가을은 당신 때문에
만상으로 피어 불타오르고 있다

* 에두아르 레옹 고르테스(1882~1969): 2차 세계대전이 일어나기 전의 프
  랑스 파리 풍경과 사람들을 날씨에 따라 서정적인 분위기로 그린 화가.

철새는 날아가고

철새가 편대로 날아가는 초겨울

간밤에 습격을 당했는지
새는 깃털만 남아있다
속이 다 털린 채로

바람은 파문을 수습하고
풍경은 조용하다

낟알 한 톨 보이지 않는
들녘은 얼어붙고

활짝 편 고독의 깃털을
붉게 물든 석양빛에 적시며
날아가는 초겨울

장롱 안의 사랑

장롱 서랍을 열자
갈래머리, 땡땡이 리본을 머리에 달고
빨간 책가방 소녀의 미소가
속삭이며 지나간다

하루에도 몇 번씩
네 가슴을 열어젖히고 냄새 맡아도
바닥나지 않은 사랑

어느새 내 안의 등불이 되어버린 너

박사학위 수료식 날
세상을 다 얻는 기쁨을 주고
잡아둘 수 없이 집을 떠난 대들보 같은 사람아

외할머니를 몹시도 그리워하는 삼 남매
가을 햇살처럼 껴안고
따듯한 사랑이 쏟아지기를

엄마 생각

수채화 물감으로 자화상을 그리는데
하얀 화선지에 나타난
광옥천에 흔들리는
젊은 엄마의 가여운 얼굴

내 얼굴 위에 당신이 겹쳐지며
조각난 멍든 가슴을 추스린다

빽빽한 소나무 숲을 지나
떡갈나무 곁에 계신
엄마

애타게 기다려도
다시는 만질 수 없는 모습

내 곁에 살아계신 엄마

지금 큰딸은
그때의 엄마처럼 매번 김장을 담가

동생들 나눠주고 무릎 아파 끙끙 앓으며

몇 해를 더 담글 수 있을지
창밖의 낙엽 뒹구는 소리 듣고 있는데

우항리에서

움트는 보랏빛 자작나무 너머
공룡 발자국으로 뛰는 햇빛

우항리에서 백악기가 내게 말을 걸어온다

수억 년 빛과 어둠이 엇갈려
바람이 쓸어 담아 놓은 연대기

천기가 숨어들었을까
함부로 열지 못하는
순록의 치아를 닮은
주상절리

나는 어느새 중생대에 있다
나무 열매를 따 먹은 알라모사우르스
익룡과 물갈퀴새가
느릿한 시간 속에
선명한 발자국을 남기고

공룡의 울부짖는 소리처럼
천둥이 다가오고 있다

간이 정류장

눈 시린 겨울이다
개와 늑대의 시간
시끌벅적 오고 가는 5일 장꾼들
썰물처럼 빠져나갔다

밖에는 세찬 바람 불고
눈이 쌓이고
기다리는 버스는
좀처럼 오지 않는다

땅딸보 구두닦이 아저씨도 사라져 버리고

묵은 밤 외로움
소에 박힌 터럭같이 주렁주렁 매달고
서성이는 발걸음

어디 가시지 말고
꼭 그 자리에 계시라는
핸드폰의 울림에

푸르스레 흩어지는 굴뚝 연기처럼
이리저리 흩어지는 기다림을 자르면서

2부

강진만 갈대밭

강진만 갈대밭

마음아 이제 너는 어디에 닿을 거니
남은 생은 모두 다 서걱이는 것이라고
마음을 매어두지 못해
흔들리는 배 한 척

외투에 묻혀온 물소리를 만져보면
남은 생은 모두 다 은빛일 뿐이라고
뼛속에 바람이 인다
새떼가 날아간다

다시 석류꽃은 피고

석류꽃 지던 날
다시래기 된 그녀
울창한 탱자나무 길
촘촘한 에움길 지나
그녀는
서녘으로 갔다
안부도 못 남긴 채

무엇이 그리 바빠
손 흔들며 가버렸나
허무의 염주를
굴리는 저녁 무렵
그녀는
다시 피었다
핏발 터진 눈동자로

살구나무 그녀

휴일 아침 산책길에 얼핏 만난 인연 하나
살구를 보면 생긴답니다 생각나는 사람이요
하이얀 대문 끝에서
환하게 핀 살구꽃 그녀

검정 비닐봉지 속 새콤달콤한 추억들이
골 붉은 살구처럼 살가움에 익는 날
널 보면 살구 싶다고
살구씨가 단단하다

정석丁石*을 읽다

이명처럼 들려오는
첫닭의 울음소리

붓끝에 세월 찍어
뼈 깎듯 새긴 글씨

만월의
형형한 눈빛
음각 속에
스민다

* 정석(丁石): 강진 다산초당 서편 절벽에 다산이 직접 쓴 글씨

구강포 장터

구강포 장터 뒤엔 날마다 장이 선다죠
질퍽하게 깔려 있는 포구의 갯벌 위에
햇빛이 손을 놀려서 좌판을 펼쳐주고

때마침 산책 나온 갈대숲 바람이
깨가 솔솔 쏟아지는 노랑부리저어새
신혼을 옆구리 찌르며 방해하고 있다나요

기수갈고동, 대추귀고동 소란스레 떠들구요
펄떡이는 짱뚱어들 힘자랑 씨름대회에
참게가 두 눈을 빼고 심판을 본답니다

수달은 약장수처럼 부지런히 자맥질하고
큰고니떼들 아씨처럼 우아하게 거닐지만
갈퀴에 걸리는 비닐봉지, 속은 자꾸 탑니다

배고픈 저녁이면 국숫발로 휘는 갈대
갯벌이 좌판 걷는 파장 무렵이 되면
포구는 어스름 저녁놀을 떨이로 내놓습니다

비래도飛來島[*]

눈비에 씻긴 세월
은빛 파도 속울음
바다 건너 바라보는
그리운 그대 속살

갯고랑
핏줄로 흘러
겨울바람 된
아버지

먼 곳에서 불어오는
서릿발 너머로
아스라한 유년의 꿈
제 몸을 부스면서

파도로
날아서 오는
오랜 눈물
비래도

* 비래도: 전남 강진만에 있는 무인도

갈대

창백하게 시든 잎에
서걱이는 생채기

굳은살 깎아내듯
한 목숨 삭아내려

새순이
돋아난 새봄
가슴 뛰며 오고 있다

가우도*

전설은 사금파리로
윤슬에 출렁이고
바람은 댓잎에 업혀
소 멍에를 비빈다
버들 숲
워낭소리에
메꽃은 흔들리고

수억 년 물살에 닳아
모나지 않는 섬
출렁대는 다리 위로
풍경 같은 사람들
해송은
어깨를 늘려
저녁놀을 짊어진다

* 가우도: 전남 강진군 도암면 신길리 소재, 육지와 연결된 출렁다리가 있
  다.

박꽃

고향집 싸리울에
박꽃이 피어있다

마실 나온 달빛과
귓속말을 하나 보다

흰 구름 인기척에도
말문 닫은 저 박꽃

새해

고요가 스며드는
새해의 첫 달력에
수채화 물감처럼
채워진 숫자들

늘 푸른 소나무 가지
솟는 심장 벌떡인다

비우고 또 비워서
가벼워진 솔방울
연지곤지 찍은 신부
아침 해로 떠오르면

처음 본 이방인 말도
들어주고 싶은 새해

넝쿨장미

담 따라 휘어지는 향기 주워 모아
싱그러운 미소가 송이송이 맺힌 날
유월의 붉은 정열로
옛 우정이 피었다

내 안에 잠든 소녀, 깨어나는 초여름
변함없는 이 눈빛 언제 또 만나려나
싸락눈 내리는 겨울
여름의 널 기억하듯

곡우 穀雨

하루의 첫걸음은 산에서 오는 걸까
겹벚꽃 아름드리 연분홍잎 휘날린다
작은 새
조붓한 입을
닮은 듯한 이 찻잎

입안 가득 연두잎 물고 친구도 한입 물고
전나무 물방울 톡톡
마사줄 하얀 향꽃
치대고
문질러본다
황홀한 전율이 인다

모란의 집

자줏빛 곱게 물든 봄날 오후 영랑생가
뜰 안 머무는 동안 뜨거워진 붉은 입술
초가도 돌담길까지도
색실로 수놓은 집

붉디붉은 그리움 꽃망울 지고 있나
오늘처럼 따순 봄볕, 몸 기대 기다리면
남도의 넉넉한 바람에
집 한 채 짓는 향기

홍시

노을은 제 몸의 불
끄지 못한 밤이면

마당 가득 홍시를
매달아 두었을까

스스로 못 견딜 무게로
가지마다 열린 그리움

초록으로 그렇게
한 계절 흔들리며

아직은 떫은 말들
삭이면서 삼키고

무서리 내린 늦가을
물컹한 울음 쏟아졌지

산댓잎 흔들리는

산댓잎 마음속
서걱이는 소리에

눈꺼풀이 내려앉은
장마 무렵 여름 한나절

무젖은
대금산조大笒散調가
초록으로 건너간다

봄은

무채색 얼음을
밟으면서 오고 있다

서로의 안부를
땅속까지 나르고

새벽녘 어린 냉이의
싹을 틔워 올린다

쑥 향기 짙어지고
개울 건너 걸어오나

벌거벗은 나무를
잠 깨우며 오는 봄

몇 밤을 흔들던 몸살
피어나는 저 꽃들

들개

무리 지어 걸을 때마다
인가로부터 멀어진다

절룩이는 다리와
털로 반쯤 덮인 눈

한때는 방긋 웃으며
쓰다듬어 주던 머리

들판에 드러누워
비쩍 야윈 서로를 본다

가득 담긴 밥그릇이
눈앞에 빙빙 도는 봄

바람이 눈곱 낀 눈을
한숨처럼 쓸고 간다

3부

빈집

어머니

떨리는 손끝으로
야윈 어깨 감싸 안고
더 떨리는 목소리로
부서진 이름 부르고 싶습니다

윤슬처럼 반짝이는 아련한 모습

배추꽃, 장다리꽃 눈부시게 흐드러지던 날
햇살같이 쏟아지는 축복을 받으며
족두리 쓰고 왔지만
고개 숙인 벼처럼 올레줄레 매달린 열매 챙기느라
목은 기울고 등뼈 구부정해지시던 당신

모두가 잠든 세상
기억을 일깨우며
삭풍이 쓸어가 버린 당신

묵언으로 대답하는 당신을
다시 부르고 싶습니다

어머니

밀죽의 전설

수수 울타리 사이에 공복이 앉았는지
저녁이 차오른다

도란도란 오라비댁 시누이
온기로 전하는 밀반죽 딱딱

시계추처럼 움직인다
옹이 박힌 거친 손

늦여름 멍석 깔아 놓은 넓은 마당

꼴 베는 깔다살이
귀밑에 입 걸리고
이른 달을 맞이할 때면
검붉은 밀죽 웃어댄다

투박한 달
조각으로 손 눌려 메우는
허기진 저녁

빈집

신작로 따라 모퉁이 들어서니
울 넘은 호박꽃 순한 얼굴 내밀고
토담의 거친 손
유년이 서 있다

푸르스레한 저녁이 몰려오면
아궁이에 쪼그리고 앉은 어린 동생들
허기진 졸음에 자꾸 꾸벅거리고…….

어머니는 늦은 저녁을 굽는다
멸치육수에 호박 된장국 끓여주시던 날이면
배가 따뜻하고 온몸이 포근한 가족

찌든 땀 훔쳐 가며 일하던 엄마는
일 년 내내 밭에 쪼그리고 앉아 있었지
어쩌다 한번 엄마가 분홍립스틱 바르는 날이면
내 유년은 행복했어라

거미줄은 빈집을 쉼 없이 다독거리고

호박꽃은 흑백의 필름 속
유년을 보듬어 보는데

살구

영희네 집이 있었지
담 따라 휘어지는 골목길 끝자락엔

밀기울 같은 피부와
검은깨를 쫙 뿌려놓은 듯한 얼굴
주렁주렁 매달린 살구 열매 같았지

아이들 보리타작할 때쯤
영희네 집 돌담 타고 살금살금
후다닥 살구 서리

한 주먹 그득히 움켜쥐면
새콤하게 군침이 도는

깔깔깔 쳐다보며
진 꽃 대신 함박웃음
골 붉은 살구 잔치

야! 도망이다

영희 어매 작대기가 쫓아오고
겁먹는 토끼 눈들 넘어지고 무릎 깨졌지

바람개비처럼 세월이 돌아간 뒤
이제는 바람만 휩쓸고 가는 이 고샅에서
울컥하는 건 왜일까

설야雪夜

떡가루 같은
함박눈이
가루로 흩날리는 밤

깊은 겨울 속에는
먼 옛날 내가 있어

테라스
벤치에 앉아
첫눈 보던 그 소녀
얼음장 밑에도
고기들이 숨 쉬듯이
흰 머리 주름에도
첫사랑 흩날리고

소녀는
새잎 내미는
꽃시절 그린다

요양병원에서

붉은 정열은 어디로 가버리고
축 늘어진 흰 장미로 임종을 맞아 누워 있네요

귀밑에 뽀송뽀송 솜털 가시지 않던 어린 신부
친정이 가난했단 이유로 숨죽이며 살아온 기억들

빨간 립스틱 오드리 헵번처럼 단장하시고
양단 치맛자락 휙 잡아 올리시며
꼿꼿하게 호통치시던 당신

이제 뼈와 가죽은 살을 양보하지 않고
도톰한 입술은 팬터마임
촉기 있는 눈동자는 흰 눈 녹아내리듯
벙어리장갑은 손을 보관 중인가요
연하디연한 줄 하나에서는
서러움이 멍울이 되어 떨구고 있는데

어머니, 큰 강을 건너가시던 그 밤

늦서리 몰고 온 너

신발짝 질겅질겅 씹으면서
내가 오면 꼬리를 흔들다가
배를 드러내고 뒹굴던

풍심이 첫 아이 출산하던 날
매서운 바람이 싸락눈으로 내렸지
동태 미역국에
어머, 엄마 닮아서 참 예쁘구나
내가 준 밥을 할짝이며 핥아대던…….

등산 다녀오던 대문 앞
골목길에서 막 뛰어나온 아가씨
넘어지니까 콱 물어버린 풍심이

개장수 오토바이 눈빛에서
쇳소리가 울린다
목줄을 조여오는 철망
촉촉이 젖은 눈빛으로 핥아주고 떠나간

그 뒤 슬픈 비가 내리기 시작하였다
밤새 욕설처럼 뱉어낸 눈물들
다시는 강아지를 데려오지 않겠다고

일 포스티노

파도에 몸 씻던 섬들이 떠 있고
해풍 맞은 야생화가 지천인 이탈리아 칼라디소토 섬

바람에 날아갈 것 같은 마른 꽃
자전거 탄 우체부 마리오

—사랑이란 병에 빠졌어요, 하지만 낫고 싶지 않아요

순박한 어부 아들 시인 지망생
사랑이 찾아 왔어요

아버지의 그물은 슬퍼요
덤불에 이는 바람
달의 곡선은 사과를 닮았어요
다크서클이 죽사발처럼 크고

미소 하나에도 메타포가 숨어 있어
썰물처럼 휩쓸려가는 시간
주상절리처럼 가슴 저린

당신의 마지막 편지

* 일 포스티노: 시인 파블로 네루다와 우체부에 관한 영화

하의도

항구에 정박했던 배들은
촘촘한 시침 그물 짜는 어부가 되어
깊고 푸른 수심에 가만히
아침의 닻줄을 잡아당긴다

수평선은 아득하기만 한데
쪽빛 속에는 숱한 물고기들 웅성거리고
거칠어진 파도의 숨소리가
벼랑 끝의 생을 받들고 있다

소금과 마늘이 마중 나온 하의도
큰바위얼굴과 인동초
해풍이 달려와 안내하는 생가
해당화 액자 속에 미소짓는 얼굴

노을은 피곤한 하루를
바닷속으로 감추고
썰물로 빠져나가는 하루가
어둠 속에 멀어져간다

74

늙어가는 사랑

피아노 건반 같던 젊은 날
그대가 나를 두드린 지가
반백 년이 되고 있네요

손톱 밑에 때 낀 것을 싫어했고
바지가 칼날처럼 주름이 잡혀야 했죠
씽씽 몰고 다니던 250CC 오토바이

결혼이라는 작은 사진틀 속에 갇혀
늦봄에 옹골차게 익어가는 누런 보리같이
점점 구부정해지는 허리로
잎 푸른 묘목을 심고 있지요

햇빛 자양분을 받아
뿌리는 핏줄처럼 뻗어 나가고
꿈이 우듬지까지 닿는
늘 푸른 나무로 살아가고 있지요

거칠어지는 살가죽을 비벼가면서요

가을

솔숲과 초록 숲에 눈을 닦고
땡볕에 흘리던 땀방울 씻어내리며
여름이 저만큼 멀어져가고 있어요

실바람이 초서체를 휘갈기며 불어오면
살진 암소처럼 늦은 오후도 살이 찌고
고추잠자리 앞산의 가을 향기를 맴돌고
가을이 이사 오고 있네요

적막이 쉬고 있는
저무는 들녘에 서서
허한 마음을 채워줄
영글어간 알곡들을 보며

대추가 찬바람에 붉어지듯
익어가는 마음들 뒤로
비둘기 두어 마리가
포르르 날아가는

활

그 옛날 파란의 기억
큐피드 화살은 심장을 향했지

윌리엄 텔이 아들 머리 위에 사과를 놓고 쏘던 활
아기가 아장아장 걸음을 시위를 잡는 활
삼사 십에 등 근육으로 활줄을 당기는 활
오륙 십에 달리는 명마같이 시간을 물고
날아가 과녁으로 향하는 촉

봄이 여름이 가을이
차창 밖 풍경처럼 휙휙 지나가고
달무리 지는 밤하늘을 보며
두런두런 꿈을 이야기하던 어린 날이

지나가고
지나가고

이제는 내가 과녁으로 서 있는

골목길

어제의 담벼락엔
금 간 이름들이 낙서로 남아있고

충충 계단 넘나들던 발들은
상처투성이 시멘트 자국들을 다독거리며
저무는 시간을 꼬불꼬불 이어갔으리

저 골목길에서는
고무줄놀이하던 단발머리 계집애들과
콧물 훔치며 딱지치기하던 남자애들
웃음소리가 아직도 들려오는데

앞서거니 뒤서거니
세월을 거머쥐고
어른이 되어 떠나간 아이들

오늘도 저기 우두커니 서서
어느새 담장은 따스한 봄 햇살
푸지게 뿌려주고 있는데

이 골목을 떠나간 아이들
지금은 어디서 무엇을 할까
지금은 어디서 늙어가고 있을까

한정식

강진엔 한정식이 유명하다지요
보글보글 냄비에 국 끓듯 붐비는 식당

쨍그랑 소리가
짧은 끈처럼 끊어지고
개미진 남도 사투리에 엉기어

수수전, 조개전, 바지락 초무침, 토하젓,
쇠고기, 숯불갈비, 낙지볶음, 홍어 삼합

후후 불며 숨결을 양념 삼아 먹어야 할 게
어찌 음식만의 일이겠어요

양념에 배지 않으면
영 싱거운 우리네 삶도
뜸이 들 때까지는 허기를 참고
기다릴 줄 알아야 한다고
밥그릇처럼 둥글게 모여 앉은
그리움으로 살아야 한다고
강진 한정식이 가르쳐준다지요

애저녁에

소읍의 집들 어스름이 내려
누굴 기다리며 꾸뻑꾸뻑 졸고 있을까

소 터럭 같은 나날
뙤약볕에 땀 훔치는 소리
소망이 늦장 부리는 소리
청묏잎 시름시름 시드는 소리

식탁엔
풋사과 같은 입술들
새콤달콤 입맛 돋으며

애저녁 초승달 애꿎은 눈웃음에
너덜거린 한숨도 눈꺼풀 내리고
또 하루가 지나가는데

미자*

가을 낙엽에 들려오는 풍금 소리
포르르 하늘로 날아가는 새 한 마리
잠시 모과나무에 걸렸다가 부는 바람
징검다리 돌아 흐르는 맑은 물소리

눈물 한 방울 없이 지나가는 하루
그리고 또 하루

한 발 디딜 곳조차 허락하지 않은 다리
위에 서서 그녀보다 먼저
강물로 첨벙 뛰어드는 가을 햇살
눈시울에 고여오는 눈물

시인의 꿈을 키우는 교정에 앉아
수첩과 볼펜을 들고 그녀는 오늘도

* 영화 〈시(詩)〉 속의 주인공

KBS 가요무대

보은산 능선을 타고
수억 년 넘어 돌아왔을 계절이
산자락 아래
촌로들의 가난한 이야기로 피어나고
가을은 풍성함을 건져 올려
웃음꽃이 넘실대는 무늬로
번지게 할 것 같다

추억이 긴 문을 여는
KBS 가요무대
섬광처럼 흩어진 육십여 년
슬픔, 기쁨, 보고픔이 살아나도
임을 보낸 가슴앓이
지울 수 없던 나의 가난도
다시 문을 열려 한다

보릿고개, 푹 꺼진 배를
허기가 핥고 지나간 자리여

4부

눈길

까치

돌배나무가 감을 부르며
주인을 기다리는 빈집

침묵이 쌓이는 껍질을 쪼아대며
머리를 맞대고 소곤거리는 까치

한 생이 뜨겁게 익어가다가
후드득후드득 떨어지는 감을 보면

구강포 나룻배 타고 언덕 넘어 시집가신
풋감처럼 싱싱하셨던 둘째 고모님

타작하고 첫눈 내리던 날
껍질이 딱딱하고 주름살이 깊어진 석작 가득
귀양살이 홍시가 이바지로 왔었지

새들이 파먹는 까치밥에는
초겨울이 삼켜버린 기억
아직도 그 집엔
감이 익어가는데

찔레꽃

하얀 찔레꽃
하얀 찔레꽃
가시 돋친 속울음
자갈길 지나면
찔레밭

할머니를 더듬다가
무명치마 맨발로
벙글며 벙글면서

하얗게
한 소쿠리 디미는
찔레꽃같이 쪽진 비녀 머리

머지않아 가실 곳이 있다고
고단을 풀어헤치며
밤을 닫았던

빈 항아리 같은
허기진 이 그리움

풍금이 있던 자리

두 그루 꽃나무 잘 있었니
바람이 잔잔히 숨을 고르는 사월

햇빛이 미끄러져 내리는 초등학교 교정
작은 손을 버들가지처럼 흔들며
아이들 콧물 묻은 이름표가 보인다

그루터기엔 먼지가 내려앉은 나이테
하늘 향해 솟았던 나뭇잎에 새겨진 얼굴들
여울져가는 물처럼 잔잔한 파문이 일고

왁자지껄 자치기를 하던 까까머리 소년들
포프린 치마 입고 보조개가 사랑스럽던 소녀
그 뒤로 긁은 퍼머하신 여선생님이 걸어오신다

손바닥 회초리 맞고
다음은 절대로 지각하지 않겠노라고
시멘트 복도에서 두 손 든 벌
함께 받던 단짝 친구

나무에 기댄 채
그날처럼 푸른 멍이 든 하늘을 보며

꽃잎이 꽃불처럼 분분히 휘날리는 교정에서
가슴 속에서 아직도 숨을 쉬는
아이들을 가만히 불러 보았다

그리운 할머니

할머니가 달아주신 손수건이
초등학교 입학하던 날의 나를
기웃거린다

하얀 할머니 수습되지 못한 향기
6.25 전쟁의 회오리에 할아버지 보내고
켜켜이 쌓여가는 외로움의 뼈

머루처럼 애잔하게 빛나는
자식들 눈망울을 보며
끈적하고 질긴 밭두둑마다
꿈을 심어 메꾸시고

세상이 품어주지 않은
쌉싸래한 맛도
구수한 사랑으로 감싸주셨던
당신은 내게 가시고기였던 것을

사월

삼백육십오일 흩어진 시간을
한 움큼 다발로 묶어
들불처럼 번진 그들은
강진만 물살을 타고 옵니다

사월이 오면
회갈색 숲과 들에 쥐어짜 놓는
팔레트 36색 물감
연두, 초록, 노랑은 더 진하게
물방울 떨어뜨리며

봄을 불었다
훅~끄는 촛불처럼
사월은 그렇게 갑니다

우리 동네 노총각

오메 오메 우리 동네 노총각
장가 못 가불어서 일 났당께라우
지금 생각하면 아주 잘 생겨불었는디
그때는 왜 그렇게 못생기게 보였을까라우
우리 옆집 머슴살이를 허는디
배꾸리가 어떻게나 크던지
철나무 할 때 덕석 깔아 놓고 팥죽 묵으면
큰 양판으로 세 그릇을 더 묵는다 안 하요
그것 묵고 누가 본께는
돌다물락지 뒤에다가 똥을 싸드라요
깐딱하면 질퍽 밟을 뻔했다요잉
거짓말 쪼깐 보태면
쪼깐한 번덕지만 하게 길게 갈겨놨다 하드랑께라우

그렇게 노총각은
마을에 소문이 자자하게 돌았는디
그 뒤론 모습이 보이지 않았고
서울로 상경했다고 하요

짙은 눈썹, 오똑한 코, 헌칠한 키
생각해 보문 그 오빠는
요즘 아이돌 같은 꽃미남이었는디
지금은 어디서 잘 계실라나 모르겠소

1974년 5월

천태산 그림자 아래
왁자지껄한 우리 마을이 있고
대문에 엽전이 따닥따닥 붙어 있는
우리 집이 있었지라

오메, 쑥 디치는 냄새
환장하것다야
뭔 냄새가 이라고 좋다냐앙
쑥 냄새 몰고온 울 엄니는
금곡댁이었지라우

빨랫줄에 흑헌 옥광목
오월의 바람에 펄럭일 때쯤
보리밭은 내 이름을 부르며
번덕귀에 참말로 많이 핌시로
자운영꽃 각시랑 어깨동무했어라

해 짐시로 느린 황소 울음소리는
냉갈처럼 피어올랐어라우

울 엄니는 정제에서
살강에 그륵 어뿌고
하루쟁일 발이 부르트도록
돌아댕긴 동상들은
무거운 고개를 꾸벅꾸벅 넘어짐시로

아이구 짠한 내 새끼들아
얼른 싯치고 자그라
안 그래도 뻐친디

사의재四宜齋*에서

소슬바람에 늙은 호박이
반기는 사의재

당신의 가슴에도
불 일던 시절 없었으랴

오늘도 빈 마당에
바람처럼 흩날리는
눈웃음 주워 담는 그대여

문풍지에 묻은 헛기침 소리는
야윈 정 문질러 손금마저 닳았는가
어두운 밤 호롱불 밝히던 사랑
녹슨 돌쩌귀
성긴 봉창 사이에 비친
그림자만 남기고 가버렸으니

텁텁한 막걸리 한 사발이
내게 걸어와

주막집 주모의 입김
풀어 놓는 늦봄 무렵

* 사의재: 다산 정약용이 강진에 유배되었을 때 주막집 주모의 배려로 4년
  동안 기거하며 제자들을 가르쳤던 곳.

소

바람 부는 날이면
푸른 향수에 젖은
느릿한 황소 울음소리 들린다

소 울음소리 속에는
넓은 들판이 들어가 있다
온몸이 검게 탄 아이가
깔 뜯기다 소에게 물 먹이는
콧노래 소리 흥겹게 들려온다

소 울음소리 속에는
저물녘 우리 유년의 마음을 따라
맑고 곱게 흘러가던 시냇물 소리
수줍던 너와 내가 몰라보게 자라서
사라져 버린 그 날의 푸른 뒷모습
아직 머물러 있다

말없이 움직이는
소의 커다란 눈망울은
그 푸르던 날을 되새김질하고 있는지

땅끝에 선 연인

들물 타고 오가며 저만치서
오늘은 어여쁜 아가씨가 온다고
뿌~옹 뱃고동 소리 보내는데

섬 노총각 징검다리 건너오며
물그림자로 반긴다

여객선은
콧대 높은 아가씨를 부두에 내려놓고
흰 팔 내저으며 가버린다

섬 노총각은 활화산처럼 가슴이 불타는데
아가씨는 안 맞다 촌스럽다는 핑계 대고
횡 떠나가 버리고

노총각은 썰물 엉성하게 드러난 갯바위에 걸터앉아
땅끝에 철썩이는 한숨을 토해내고 있다

곡예사

사내는 은실로
가늘지만 질기고 단단한
하늘 집을 짓는다

검게 그을린 얼굴
지저분한 턱수염의 사내는
가느다란 팔다리로
고층 건물 유리창에서
아슬아슬 줄타기하고 있다

긴 빗자루로 집을 허물어도
눈빛 초롱한 가족들 아른거려
절망을 뒤집어 싹을 틔우며
햇빛과 버무려 보금자리 짓는 사내

고층 건물 유리창
사내의 눈에
밤새 이슬이 걸려있다

사내는 오늘도
허공을 더듬는다

그녀는 연보라색을 좋아하셨어요

날마다 까치는 울고 있는데
그녀는 오지 않는다

뜨락에 핀 꽃들을 보는 대낮
심장이 울컥울컥 피어오른다

측백나무 뗏장 아래
편안하게 누워계시느라 못 오시는지
집과 지척인데
관절염으로 다리 편찮으셔서 못 오시는지

빗방울이 양철지붕을 울리는 소리

꿈속에선 아직 함께
술냄새 나는 찐빵 만들고 있는데

오월이면 오동꽃
연보라색을 그렇게나 좋아하셨던

수채화 역

봄바람이 수양버들 머리 고슬고슬 말리며
산수화 속으로 걸어가고 있다

내가 이 세상에 왔다는 것은
오늘 하루 이 시간 속에 놓여 있다는 것은

잠깐 왔다 가기에는
너무 짧은 벚꽃 터널역
나를 태운 기차는
정남진, 진해를 지나 마량포구에 다다르니

산 위에 펼쳐진 하늘
쥐어짜면 파란 물감 뚝뚝 흘릴 것만 같은데
벚꽃, 개나리, 동백, 자두나무, 복사꽃이
화가의 화판 속에서 피어나고
오늘 내가 이 세상에
피어있다는 것은

벚꽃이 휘날린다

별

속눈썹이 길고 눈이 똘망똘망한
아기는 세상에서 삼 년 살다 죽었다

체구가 자그마한 어미는 아기가 보고 싶어
울다 울다 지쳐 꿈속에서 구천을 맴돌았다

보다 못한 밤하늘이 먼저 온 애비를 불러
아기 닮은 별을 그려주라 하였다

애비는 눈물의 별똥별 쏟으면서
밤하늘에 예쁜 아기의 눈, 샛별을 그려주었다

오월의 길목

찔레꽃 흐드러지게 핀 오월 어느 날
어린 동생 등에 업고
언덕에 서면
계절에 실려 오는 개구리 울음소리

아버지는 지게에 희망을 짊어지시고
어머니는 광주리에 사랑을 이시고

저 멀리 터벅터벅 걸어오는 저녁 무렵

엄마~하는 들뜬 소리에
오냐오냐 어서 가자
따스한 눈맞춤 뒤로
철부지 노을도 쫄랑거리며 따라오던

그 환하디환한 오월

눈길

숫눈을 밟는다
산기슭 쭈뼛쭈뼛 일어서는 바람 맞으며
마디 굵은 흉터 남긴 소나무처럼
시린 꿈의 우듬지가 자꾸 흔들리던 겨울

가장 추웠던 시절이 지나가고
내 생에서 막막했던 날들이 지나가고
나 여기까지는 걸어왔구나
새벽의 내재율이 내 몸을 감싼다

큰딸로 잠든 동생들 이불을 덮어주고
큰며느리가 되어 혼자서 울어야 했지
어떤 무늬도 일렁이지 못하고 입 다문 물병 속에선
푸른 물소리 출렁이는데

항상 파리한 낮달이 결빙된 하늘에
보이는 듯 안 보이는 듯 떠 있었지

숫눈이 나를 밟는다

꿈결처럼 나를 다녀간 이 길을
한번은 걸었던 것 같기도 하고
영영 처음 걷는 길인 것 같기도 한
미몽의 새벽이면
발자국이 내 생애를 밟는다

해설

순수와 진실을 갈망하는 인간 회복의 꿈

박 성 민(시인)

1. 자아와 세계의 본질을 투시하는 사유

황형자 시인은 2019년 『해남문학』 신인상에 당선된 후 2020년 『시조시학』에 시조로, 그리고 2023년 『문학청춘』에 시로 등단하여 치열하게 시작詩作하고 있는 시인이다. 고향인 강진의 아름다운 자연 풍광과 어우러진 사람들의 따스한 정에 대한 기억, 그것을 잊지 않기 위한 시·공간적 기록이라고 볼 수 있는 이번 첫 시집은 인간과 자연과의 공감, 사라져가는 것들에 대한 안타까움과 함께 그것들을 지금 이 자리로 호명하여 대모적大母的 감성으로 품고 다독거리는 면모를 보여주고 있다.

이 시집의 특성은 시와 시조가 함께 실린 시집이라는 점이다. 전체 4부로 구성된 시집에서 1부, 3부, 4부는 시, 2부에서는 현대시조만을 모았다. 현대시조는 사유의

집약성과 언어의 응축성이 돋보인다. 황형자 시인은 3장 6구 12음보라는 시조의 기본 골격 안에서 배행과 배연을 자유롭고 비약적으로 함으로써 삶의 외로움이나 그리움을 통찰하고 강진의 자연물과 사람들을 형상화하고 있다. 황 시인은 전통적으로 시조가 지켜온 3장의 형태적인 정형성을 여러 방식으로 변형시키면서 시적 형식의 긴장과 이완을 실험하기도 한다. 특히 단시조가 추구해 온 시적 주제의 압축, 긴장과 함께 정형의 틀 안에서 시적 의미를 심화하고 확대하려는 시적 전략을 보여주고 있다.

황형자 시인의 시편은 고향 강진에 대한 따스한 기억, 바다와 섬을 보며 자란 존재들이 잉태한 욕망과 좌절의 존재론적 고독을 형상화하고 있으며 이는 강진의 역사에 대한 비망록이라는 의미망을 형성하기도 한다. 더 나아가 자연 사물을 통한 자아 성찰은 물론 문명 비판적 시선을 견지한 시편에서는 생태시의 가능성까지 타진해 볼 수 있다. 가슴 밑바닥에서 솟는 정한이 오롯하게 곰삭아 있는 황형자 시인의 시 세계를 살펴보겠다.

2. 고향 강진, 가슴 저리고 따스한 기억들

지나간 시대의 삶은 회상, 혹은 환기라고 하는 기억 기제를 거쳐 시인의 언어로 재현된다. 황형자 시인의 시

는 유년부터 성장기를 거쳐 중년에 이르기까지 고향에
서의 가난하고 힘겨웠지만 따스했던 과거의 기억을 되
살리면서 그것과 화해하거나 치유하기 위한 글쓰기로
볼 수 있다. 개인의 기억에 관한 문제는 공동체적 기억
이나 정체성과도 직접 관련되어 있다는 측면에서 그것
이 작품 속에서 어떻게 형상화되고 있는지를 살펴보는
일은 중요한 작업이라 할 수 있다.

　　신작로 따라 모퉁이 들어서니
　　울 넘은 호박꽃 순한 얼굴 내밀고
　　토담의 거친 손
　　유년이 서 있다

　　푸르스레한 저녁이 몰려오면
　　아궁이에 쪼그리고 앉은 어린 동생들
　　허기진 졸음에 자꾸 꾸벅거리고…….

　　어머니는 늦은 저녁을 굽는다
　　멸치육수에 호박 된장국 끓여주시던 날이면
　　배가 따뜻하고 온몸이 포근한 가족

　　찌든 땀 훔쳐 가며 일하던 엄마는
　　일 년 내내 밭에 쪼그리고 앉아 있었지
　　어쩌다 한번 엄마가 분홍립스틱 바르는 날이면
　　내 유년은 행복했어라

거미줄은 빈집을 쉼 없이 다독거리고
호박꽃은 흑백의 필름 속
유년을 보듬어 보는데

- 「빈집」 전문

　이제는 빈집이 되어버린 어린 시절 화자의 '집'은 그리
움과 동경의 낭만적 대상으로만 존재하지 않는다. 늦은
저녁때가 되어서야 어머니가 멸치육수에 호박 된장국을
끓여줄 때까지 "허기진 졸음에 자꾸 꾸벅거리"면서 "아
궁이에 쪼그리고 앉은 어린 동생들"을 다독거리며 배고
픔을 참아야 했던 처절한 가난과 고통의 공간이기 때문
이다. 고향 공간은 일 년 내내 밭에서 일하다가 어쩌다
한번 "분홍립스틱 바르"고 외출하는 어머니에게도 힘겨
운 생존의 공간이었으리라. 그래도 "배가 따뜻하고 온몸
이 포근한 가족" 속에서 자란 화자는 "내 유년은 행복했
어라"라고 말하면서 이제는 쇠락해버린 옛집을 보며 "흑
백의 필름 속/ 유년"을 더듬는다.
　이 시는 자신의 과거를 탐색하는 과정에서 옛집의 이
미지를 '만들어' 내고 있다고 볼 수도 있다. 시인이 어린
시절 가난하고 외로웠던 기억을 은폐하고 고향의 옛집
을 이상적 공간으로 설정하는 까닭은, 옛집을 떠난 삶이
힘겹고 각박하기 때문이다. 옛집에서의 삶이 보릿고개
를 견뎌야 했던 우리네 1960년대 사람들의 삶과 달리 낭

만적일 리가 없지만, 이제는 돌아올 수 없는 과거 유년의 옛집을 이상적 공간으로 재구성하려는 무의식적 행동이라고 볼 수 있다. 이는 프로이트가 말한 '은폐기억隱蔽記憶'으로 볼 수 있다. 그에 의하면 인간은 불안을 해소하려고 현실에서 어떤 상징적 질서를 찾으려 무의식적으로 노력한다. 그런데 이런 노력이 실패했을 때 인간은 '행복했던 과거'를 먼저 떠올린다는 것이다. 흥미로운 것은 이 같은 무의식이 플라세보 효과Placebo effect를 나타낸다는 점이다. 어린 시절 기억을 소급해서 재구성하는 동안 황형자 시인의 유년기는 가난했지만 아름다운 '옛집'이라는 상징적 공간으로 그려진다.

이러한 공간성은 요양병원에서 "축 늘어진 흰 장미로 임종을 맞아 누워 있"는 어머니(『요양병원에서』), "꽃잎이 꽃불처럼 분분히 휘날리는" 초등학교 교정에서 "가슴 속에서 아직도 숨을 쉬는/ 아이들을 가만히 불러 보"는 행위(『풍금이 있던 자리』)로 이어지며 이는 '장롱'에서 "갈래머리, 땡땡이 리본을 머리에 달고/ 빨간 책가방"을 맨 손녀의 사진을 꺼내 보며 회상에 잠기는 화자(『장롱 안 사랑』)의 모습에서도 여실히 형상화되고 있다.

다음 시에서는 시인이 안쓰럽게 여기는 대상에 대한 기억, 그리고 그 부재로 인한 그리움을 보여준다.

오매, 그랬어야
작은집 할머니가 돌아가셨다고야

참말로 좋은 분이었는디
인자는 영 못 보겄다야잉

어리디어린 것이 어디서 왔는지
도통 알 수가 없었다던
보따리 하나 딸랑 들고
서 있었다고 하더라
얼굴은 참말 고와서
할아버지 작은사람으로 살았능갑더라

드센 큰할머니 밑에서
성님! 소리 한 번도 못 하고
어디를 가고 싶어도 가질 못 하고
하기사 글자를 모르니께
'어느 차를 타더라도 알아야제'
할아버지가 글을 가르쳤다고 하더라

그래도 대농의 첩살이라
금 쌍가락지에 금팔찌에
분홍 꽃무늬 저고리에
양단 비단 치마 두르고
막걸리 두어 사발에
"임진강 얼음장에 팽이 치는 아해야"
시들어버린 젊음을 노래하던 작은할머니

아이 하나 낳지 못한 처녀의 몸으로

방바닥 쓸어 머리카락을 모으던
이렇게 눈 내리는 날
막걸릿잔 들면 생각나는
선한 눈의 작은할머니

– 「작은댁 할머니」 전문

　어린 나이에 보따리 하나만 들고 어디서 왔는지 알 수 없었다던 작은댁 할머니는 예쁜 얼굴 덕분에 대농大農의 첩살이로 할아버지에게 글을 배우며 자랐다. 전통사회에서 양반들과 부유한 지주들은 대체로 첩을 들여서 살아가곤 했는데, 기근이 심할 경우 굶지는 않도록 딸을 부잣집에 첩으로 보내기도 했다고 한다. 작은댁 할머니는 "드센 큰할머니 밑에서/ 성님! 소리 한 번도 못 하고" 살아온, 아픔을 지닌 인물이었다. 첩으로 살고 싶은 사람이 어디 있을까. 같은 식구이면서도 식구 대접을 못 받는 존재, 늘 눈치를 보고 잘못한 것이 없어도 고개 숙이고 숨죽인 채 살아야 하는 첩살이라는 초라함과 "그래도 대농의 첩살이라/ 금 쌍가락지에 금팔찌에/ 분홍 꽃무늬 저고리"를 입은 모습이 대비된다. "막걸리 두어 사발"에 마음속 간직한 노래를 부르는 작은할머니의 모습은 안타까운 우리 과거사의 한 단면이다. "임진강 얼음장에 팽이 치는 아해야"는 1943년에 남인수가 부른 〈남아일생〉이라는 노래의 첫 구절인데, 첩실로 꽃다운 청춘을 다 보내버린 삶을 보여준다. "아이 하나 낳지 못한 처녀의 몸"으로 살아온, 선한 눈의 작은할머니는 화자의 기억에 "참말로 좋은 분"으로 남아서 눈 내리는 날 막걸 릿잔을 들면 떠오르게 하는 존재가 된다. 현재는 일부다 처제가 사라졌지만, 약자의 삶을 강요받은 채 남의 눈치 를 보며 살아야 하는, 이 세상 모든 약자를 감싸 안는 안 타까움과 위로의 시편이다.

특정한 인물에 대한 그리움은 할머니와 어머니에 관한 시편들에서 자주 나타난다. 초등학교 입학하던 날, 할머 니가 달아주신 손수건을 떠올리며 할머니를 그리워하거 나(「그리운 할머니」) 자화상을 그리는데 그려진 것은 "광 옥천에 흔들리는/ 젊은 엄마의 가여운 얼굴"(「엄마 생 각」), "목은 기울고 등뼈 구부정해지시던 당신"(「어머니」), "울 엄니는 정제에서/ 살강에 그륵 어뿌고"(「1974년 5월」) 와 같은 작품에서도 어머니에 대한 그리움이 짙게 형상 화되고 있다.

어제의 담벼락엔
금 간 이름들이 낙서로 남아있고

층층 계단 넘나들던 발들은
상처투성이 시멘트 자국들을 다독거리며
저무는 시간을 꼬불꼬불 이어갔으리

저 골목길에서는

고무줄놀이하던 단발머리 계집애들과
콧물 훔치며 딱지치기하던 남자애들
웃음소리가 아직도 들려오는데

앞서거니 뒤서거니
세월을 거머쥐고
어른이 되어 떠나간 아이들

오늘도 저기 우두커니 서서
어느새 담장은 따스한 봄 햇살
푸지게 뿌려주고 있는데

이 골목을 떠나간 아이들
지금은 어디서 무엇을 할까
지금은 어디서 늙어가고 있을까

－「골목길」 전문

어릴 적 골목길에서는 '나비야' 노래에 맞춰 양쪽에서
길게 늘인 고무줄을 잡은 소녀들, 그리고 그 고무줄을
홀쩍홀쩍 뛰어넘는 소녀들의 경쾌한 발, 밝은 웃음소리
로 가득했다. 고무줄놀이하면서 뛰는 단발머리 계집애
들의 모습과 날랜 몸, 가벼운 웃음소리는 정말 소녀들을
나비처럼 보이게 했다. 또 한쪽 공간에서는 "콧물 훔치
며 딱지치기하던 남자애들"이 있던 그 골목길. 그러나
이제는 모두 어른이 되어 텅 빈 골목길, "어제의 담벼락

엔/ 금 간 이름들이 낙서로 남아 있"는 골목길은 "층층계단 넘나들던 발들"의 흔적조차 사라지고 "상처투성이 시멘트 자국들"만 저무는 시간 속에 존재하고 있다. 오늘도 "따스한 봄 햇살/ 푸지게 뿌려주고 있는" 담장을 보며 "이 골목을 떠나" 어디에선가 늙어가고 있을 아이들을 떠올리는 행위는 현대성에 의해 소멸되어가는 전통에 대한 안타까움과 연민이다.

이와 같은 의식은 "가리약머리, 맘보머리/ 가래로 딴머리, 가르마 탄 단발머리" 소녀들, "작은 장다리꽃 같은 계집애들"이 고무줄놀이하면 "팔랑팔랑 춤을 추는 봄 나비 한 쌍" 같았던 유년(「고무줄놀이」)을 떠올리는 시편, "짙은 눈썹, 오똑한 코, 헌칠한 키"를 지닌 동네 노총각 오빠(「우리 동네 노총각」) 등에서도 여실히 형상화되고 있다.

3. 바다와 섬, 욕망과 좌절의 현상학 그리고 존재론적 고독

바다를 근거지로 삼는 사람들에게 바닷물은 삶의 근원일 뿐만 아니라 삶의 목표로 간주된다. 예로부터 '바다'는 물 같은 무형적인 존재와 대지 같은 유형적인 존재를 매개하는 인자로 인식되어왔다. 또한, 어머니 배 속의 양수 속에서 웅크리고 있다 태어난 인간에게 '바다로 돌아감'은 '어머니에게로 돌아감'을 의미하며 원래 아무런

형태가 없던 상태, 즉 죽음으로 돌아감을 뜻하기도 한다. 이런 연유로 바다는 삶과 죽음이라는 이항대립적 속성이 내재한 이미지로 그동안 문학작품에서 수없이 형상화되어왔다.

한편 '바다'는 명시적으로 구분하기 어려운 공간이다. 빈 그릇에 차 있는 물을 비웠을 때와 채웠을 때 그 양이 동일하지 않듯이 바다 역시 마찬가지이다. 밀물일 때는 바다가 되고 썰물이 되면 뭍이 되는 공간들이 있기 때문이다. 해안은 육지의 끝이면서 바다의 시작이다. 이렇게 바다는 꿈과 현실, 끝과 시작이 함께 하는 역설적 공간이다. 그래서 시인들은 바다에 머물다 간, 수 없는 사랑과 이별, 욕망과 좌절의 순간을 기억하고 노래하며 우리 생의 통점을 공유한다. 황형자 시인의 시편에서 바다를 품은 서정과 서사를 만나보기로 한다.

마량…….
너를 부르면
말머리 닮은 마을에
밤새 정박했던 안개가
서서히 걷히고

연필에 침 발라 쭉 그은 수평선
비릿한 지느러미 쏟아내며
포구에 몰려드는 바다

등 푸른 슬픔이 펄떡이면
그 위에 굵은 소금 던져주는 아침

끝없이 끝없이 부서지는 파도

눈썹 같은 해안선에서
생계의 그물을 깁는 아낙
물살이 고단한 항해를 멈추고
설핏 노루잠을 자는 곳

목울대에 차오른 설움
저물녘 생채기가 붉게 터지고
원시遠視의 눈빛을 뿌리는 등대

마량…….
너를 부르면
오랜 언약처럼
속눈썹이 젖어
간절해지는 이름 하나

― 「마량에 가다」 전문

마량은 전남 강진군 마량면 마량리에 있는 항구다.
"말머리 닮은 마을"인 마량은 "밤새 정박했던 안개가/
서서히 걷히"면서 비로소 드러나는 존재, "연필에 침 발
라 쭉 그은 수평선"에서 "등 푸른 슬픔이 펄떡이"는 공간

으로 인식된다. 이렇듯 포구의 활기찬 아침 풍경을 형상화하고 있는 전반부는 마량이라는 이름이 화자에게 내적 공간으로 각인되고 있음을 시사해준다. "끝없이 끝없이 부서지는 파도"에서 알 수 있듯이 '마량'은 자신의 본질에 가장 근원적으로 접근해 갈 수 있는 구체적인 장소이며 화자에게 상상력과 기억의 보고寶庫로 작용하고 있음을 보여준다. 파도가 인간에게 닥쳐오는 불가항력적인 운명과 같은 것이라고 한다면, 인간에게 바다는 주어진 운명을 받아들이면서 살아가야 할 공간이다. "생계의 그물을 깁는 아낙"이나 거친 파도 속에서 "설핏 노루잠을 자"야 하는 어부처럼 바닷가 사람들은 생존하기 위해서 고기를 잡아야 하고 고기를 잡기 위해서는 죽음을 감수해야 하는 비극적인 운명을 지니고 살아간다. "목울대에 차오른 설움"이나 "저물녘 생채기"와 같은 생애의 통점痛點을 감싸주듯 먼 곳에서 등대가 비춰주는 곳이 마량이라는 항구다. 나지막하게 "마량……." 하고 부르면 "오랜 언약처럼/ 속눈썹이 젖어"서 더욱 간절해지는 내적인 공간인 마량은 완벽하게 화자의 삶이나 정체성의 등가물이 되고 있다.

눈비에 씻긴 세월
은빛 파도 속울음
바다 건너 바라보는
그리운 그대 속살

갯고랑
핏줄로 흘러
겨울바람 된
아버지

먼 곳에서 불어오는
서릿발 너머로
아스라한 유년의 꿈
제 몸을 부스면서

파도로
날아서 오는
오랜 눈물
비래도

―「비래도飛來島」 전문

　누구라도 어머니 자궁을 빠져나오면서부터는 혼자다. '섬島'은 '(혼자) 섬立'이라는 말과 동류항이다. 대지인 뭍으로부터 외따로 뚝 떨어진 섬이라는 존재 역시 외롭다. 섬은 그리움의 공간이면서 고립, 고독, 죽음의 상징이기도 하다. 간혹 섬은 편안함, 휴식, 안락함, 따스함을 느끼게 하는 존재로 무의식적으로 변형되고 동경의 대상이 되기도 한다. 그러나 태풍과 해일이 휩쓸고 간 섬, 오로지 생존을 위해서 바다에 목숨을 내놓고 사는 뱃사람

들에게 섬, 그리고 바다라는 공간은 처절한 삶의 공간일
뿐이다. 말하자면 섬은 그리움과 외로움이라는 잔 물살
로 꿈의 해안선에서 철썩이지만, 그 내면을 들여다보면
처절한 노동과 삶의 고통이 문신처럼 새겨진 공간이다.
이런 맥락에서 "아스라한 유년의 꿈"과 같은 동경의 세
계이었지만, "은빛 파도 속울음"을 들춰보면 "갯고랑/
핏줄로 흘러/ 겨울바람 된/ 아버지"가 있는, 처절한 삶
의 공간이 비래도다. 비래도가 "파도로/ 날아서 오는/
오랜 눈물"로 인식되는 이유가 여기에 있다.

  시인에게 '섬'은 "수평선은 아득하기만 한데/ 쪽빛 속
에는 숱한 물고기들 웅성거리고/ 거칠어진 파도의 숨소
리가/ 벼랑 끝의 생을 받들고 있다"(「하의도」)에서처럼 무
한한 동경의 세계이면서도 삶과 죽음이라는 현실원칙이
공존하는 공간으로 기억된다. 시인은 "수억 년 물살에
닳아/ 모나지 않는 섬/ 출렁대는 다리 위로/ 풍경 같은
사람들/ 해송은/ 어깨를 늘려/ 저녁놀을 짊어진다"(「가우
도」)에서처럼 출렁다리와 해안 산책로 등으로 관광명소
가 되어가는 섬을 형상화하기도 한다. 그런가 하면 섬은
"오늘도 그리움은 늘/ 태어나기만 하고 늙어갈 줄 모르
는/ 섬, 새벽녘 깊은 꿈속까지 따라와 철썩이는"(「생일도
生日島」)에서처럼 화자의 내면에 존재하는 그리움으로 자
의식을 지배하기도 한다.

  다음 시에서는 섬에서 살아가는 젊은이들의 삶이 현실
적으로 그려지고 있다.

들물 타고 오가며 저만치서
오늘은 어여쁜 아가씨가 온다고
뿌~웅 뱃고동 소리 보내는데

섬 노총각 징검다리 건너오며
물그림자로 반긴다

여객선은
콧대 높은 아가씨를 부두에 내려놓고
흰 팔 내저으며 가버린다

섬 노총각은 활화산처럼 가슴이 불타는데
아가씨는 안 맞다 촌스럽다는 핑계 대고
휭 떠나가 버리고

노총각은 썰물 엉성하게 드러난 갯바위에 걸터앉아
땅끝에 철썩이는 한숨을 토해내고 있다
                    ―「땅끝에서 선 연인」 전문

이 시에서의 '땅끝'은 해남 땅끝이라는 지명, 그리고
더는 뒷걸음질할 수 없는 땅의 끝이라는 절박한 공간,
이 두 가지를 함의하고 있다. 섬 노총각과 선을 보기 위
해 배 타고 부두에 도착한 콧대 높은 도시 아가씨의 모
습이 눈앞에 선연하게 그려진다. 아가씨 마음속에는 '아

파트도 마트도 없는 섬에서 내가 평생을 살아야 한다
고?' 하는 생각이 세찬 파도처럼 머릿속을 덮쳤을 것이
다. 어여쁜 아가씨를 본 "섬 노총각은 활화산처럼 가슴
이 불타"오르지만, 촌스럽다고 바로 가버리는 아가씨,
퇴짜맞고 "철썩이는 한숨을 토해내"는 노총각의 모습이
다소 익살스럽게 그려지고 있다. 결혼을 꿈꾸는 섬 총각
들의 힘겨운 현실을 적나라하게 보여주고 있는 작품이
다. 이런 의미에서 이 시의 '땅끝'은 끝의 끝, 삶의 막장
에 선 인간이 도달해야 할 운명, 그 원형질의 공간으로
기능한다.

4. 자연 사물을 통한 자아 성찰과 생태시의 가능성

시는 사물과 사물 사이의 경계를 허물면서 새로운 인
식을 통해 하나의 생명체로 태어난다. 시인은 고립된 존
재로 보이는 시적 대상을 별개의 것으로 인식하지 않고
주관화하여 자신이 생각한 사물과 결합한다. 이러한 황
형자 시인의 시편은 자연물을 통한 자아 성찰로 나아가
기도 하고 확장된 동·식물적 상상력을 바탕으로 생태
적 회복을 꿈꾸는 세계를 지향하기도 한다.
한편 시인이 형상화하는 시적 대상이 무엇인가는 그
시가 지향하는 궁극의 문제가 무엇인가와 직결된다. 한
시인이 작품에 나타나는 제재는 그가 구축하는 세계를

보여주는 창문과 같으며 시인의 정신적 지향점과 연결되는 통로이기 때문이다. 다음 시는 시적 대상이 시인의 내면과 완벽하게 일체화된다는 의미에서 '존재로 들어가기'로서의 면모를 보여준다.

　　마음아 이제 너는 어디에 닿을 거니
　　남은 생은 모두 다 서걱이는 것이라고
　　마음을 매어두지 못해
　　흔들리는 배 한 척

　　외투에 묻혀온 물소리를 만져보면
　　남은 생은 모두 다 은빛일 뿐이라고
　　뼛속에 바람이 인다
　　새떼가 날아간다

－「강진만 갈대밭」 전문

　파스칼은 『팡세』에서 "인간은 갈대에 지나지 않는다. 자연 가운데 가장 약한 존재이다. 그러나 그것은 생각하는 갈대다"라고 하면서 육체적 연약함과 정진석 위대함 사이에 있는 인간 실존의 양면성을 언명한 바 있다. 갈대에 인간의 실존적인 고독과 비애를 투사한 신경림의 「갈대」 이후로 갈대는 연약한 인간 존재가 살아가면서 끝없이 마주해야 하는 삶의 고통이나 숙명적 비애를 형상화하는 제재로 확장되어왔다.

2수로 된 현대시조의 형식을 띤 이 작품에서 1수는 강진만 갈대밭에서의 화자, 2수는 갈대밭을 다녀온 이후의 화자를 보여준다. 도입부는 삶의 외부적 조건이나 상황의 변화에 따라 흔들리는 인간의 마음을 "마음아 이제 너는 어디에 닿을 거니"라는 독백체의 진술로 시작하고 있다. 1수의 중장 "남은 생은 모두 다 서걱이는 것이라고"와 2수의 중장 "남은 생은 모두 다 은빛일 뿐이라고"는 통사적 반복과 함께 의미의 심화·확장을 보여주면서 정갈한 정형의 미학을 보여준다. "마음을 매어두지 못해/흔들리는 배 한 척"에서의 '배'는 삶의 갈등에 흔들리는 화자의 객관적 상관물이다. 갈대밭에서의 기억이 강렬하게 남아서 "외투에 묻혀온 물소리를 만져보면" 화자는 다시 갈대밭이라는 공간에 서 있는 듯 "뼛속에 바람이" 일고 몸속의 "새떼가 날아"간다. 이는 자아 성찰이라는 추상적 관념을 구체화한 것으로 이 작품에 구조적 완결성을 더해주고 있다.

노을은 제 몸의 불
끄지 못한 밤이면

마당 가득 홍시를
매달아 두었을까

스스로 못 견딜 무게로

가지마다 열린 그리움

초록으로 그렇게
한 계절 흔들리며

아직은 떫은 말들
삭이면서 삼키고

무서리 내린 늦가을
물컹한 울음 쏟아졌지

-「홍시」 전문

시인으로서의 고뇌를 자연물에 투사하여 형상화한 이
작품은 "무서리 내린 늦가을/ 물컹한 울음 쏟아졌지"와
같이 사라질 수밖에 없는 존재의 숙명성에 대한 성찰이
담겨 있다. 노을이 "제 몸의 불을 끄지 못한 밤"마다 "마
당 가득 홍시를 매달아 두었"다는 인식, "스스로 못 견딜
무게"와 같은 표현은 심미적이면서 실존적인 생의 인식
이다. 홍시에 대한 묘사는 '노을의 불'→'그리움'→'떫은
말들'→'물컹한 울음'으로 인식이 점차 내면화된다. 사물
이 이미 그 자리에 있었더라도, 시인이 다가가기 전까지
사물은 그저 침묵하는 대상일 뿐이다. 이 작품처럼 홍시
에 시인이 의미를 부여할 때 비로소 존재의 의미가 만들
어지는 것이다. 이런 점에서 시인은 시가 설명으로 생각

을 드러내는 것이 아니라 이미지의 결합으로 구조화하는 작업이라는 것을 명확하게 인지하고 있다.

　"제 몸의 불"과 "못 견딜 무게"는 창작에 대한 열정, 초록으로 한 계절을 흔들리는 모습은 창작 과정의 힘겨움, "아직은 떫은 말들/ 삭이면서 삼키"는 모습은 퇴고의 과정, "무서리 내린 늦가을/ 물컹한 울음 쏟아"지는 모습은 한 편의 작품이 완성되는 과정을 보여주고 있다고 볼 수 있다. 말하자면 이 작품은 황형자 시인이 다듬어가야 할 시적 여정을 형상화하고 있으며, 자신의 시 쓰기에 대한 시론으로 시적 인식이 투영되어 있다는 측면에서 메타시적 속성을 보여준다.

　　구강포 장터 뒤엔 날마다 장이 선다죠
　　질퍽하게 깔려 있는 포구의 갯벌 위에
　　햇빛이 손을 놀려서 좌판을 펼쳐주고

　　때마침 산책 나온 갈대숲 바람이
　　깨가 솔솔 쏟아지는 노랑부리저어새
　　신혼을 옆구리 찌르며 방해하고 있다나요

　　기수갈고동, 대추귀고동 소란스레 떠들구요
　　펄떡이는 짱뚱어들 힘자랑 씨름대회에
　　참게가 두 눈을 빼고 심판을 본답니다

　　수달은 약장수처럼 부지런히 자맥질하고

큰고니떼들 아씨처럼 우아하게 거닐지만
갈퀴에 걸리는 비닐봉지, 속은 자꾸 탑니다

배고픈 저녁이면 국숫발로 휘는 갈대
갯벌이 좌판 걷는 파장 무렵이 되면
포구는 어스름 저녁놀을 떨이로 내놓습니다
　　　　　　　　　　　　　　　　－「구강포 장터」 전문

　예전에는 강진만 생태공원을 아홉 개 고을의 물이 모
이는 곳이라 하여 '구강포'라고 불렀다. 민물과 바닷물이
만나는 이곳은 천여 종이 넘는 다양한 생물이 서식하는
생태의 보고寶庫인데, 5수로 이루어진 이 시조는 참신한
발상과 표현에서 읽는 재미를 선사하고 있다. "질퍽하게
깔려 있는 포구의 갯벌"을 좌판으로 설정하고 갈대숲 바
람, 노랑부리저어새, 기수갈고동, 대추귀고동, 짱뚱어,
참게, 수달, 큰고니떼들을 장터에 모인 상인들과 손님들
로 표현하여 구강포에 생동감을 부여하고 있다. 구강포
에 있는 동식물은 물론 햇빛까지도 "손을 놀려서 좌판을
펼쳐주"는가 하면 "산책 나온 갈대숲 바람"이 신혼부부
의 옆구리를 찌르며 방해하는 등 구강포에서는 인간을
제외한 모든 자연물과 동식물이 혼연일체가 되어 왁자
한 장터를 펼쳐 보인다. 마지막 장, "배고픈 저녁이면 국
숫발로 휘는 갈대"와 파장 무렵 "포구는 어스름 저녁놀
을 떨이로 내놓"는다는 결말은 능숙한 표현의 묘미까지

획득하고 있다.

여기에서 주목해야 할 점은, 자맥질하는 수달과 우아하게 걷는 큰고니떼의 "갈퀴에 걸리는 비닐봉지"다. 인간이 등장하지 않는 생태의 긍정적인 전경 중에서 오로지 인간의 흔적이라고 볼 수 있는 것이 '비닐봉지'다. 이는 시인의 생태적 감각을 보여주는 것이며, 인간이 배제된 '구강포 장터'는 모든 생명체를 품는 질퍽한 갯벌, 모성의 생명력까지를 내포하는 생태적 사유를 바탕으로 한다. "한때는 방긋 웃으며/ 쓰다듬어 주던 머리// 들판에 드러누워/ 비쩍 야윈 서로를 본다"(「들개」)에서도 인간의 이기심, 주거환경의 변화 등으로 1년에 10만 마리 가까이 버려지는 유기견들의 실태를 고발함으로써 생태시의 가능성을 보여주고 있다.

5. 강진의 역사에 대한 비망록

역사적 풍경을 시적 소재로 활용하여 현재와 접목하는 시작詩作 방법은 치밀한 구성 및 세련된 감성과 마주할 때 극적으로 형상화된다. 특히 역사적 소재들은 서술성과 서정성이 결합함으로써 새로운 의미망을 구축하게 되고, 단순히 과거에 대한 반성이나 트라우마에 대한 기록을 넘어 새로운 기억의 장소로서 의미 공간을 확대하기도 한다. 즉, 시인에게 역사적 시 · 공간에 관한 체험은 현재의 공간에 대한 의미 부여를 동반한, 다층적인 의미망을 형성하게 된다. 다음의 작품들은 강진은 물론 인접한 지역의 역사적 현장까지를 현실에 재현하고 있다.

움트는 보랏빛 자작나무 너머
공룡 발자국으로 뛰는 햇빛

우항리에서 백악기가 내게 말을 걸어온다

수억 년 빛과 어둠이 엇갈려
바람이 쓸어 담아 놓은 연대기

천기가 숨어들었을까
함부로 열지 못하는
순록의 치아를 닮은
주상절리

나는 어느새 중생대에 있다
나무 열매를 따 먹은 알라모사우르스
익룡과 물갈퀴새가
느릿한 시간 속에
선명한 발자국을 남기고

공룡의 울부짖는 소리처럼

천둥이 다가오고 있다

– 「우항리에서」 전문

시인은 전남 해남군 황산면 우항리에서 공룡·익룡·
새 발자국 화석들을 보고 있다. "공룡 발자국으로 뛰는
햇빛"을 떠올리는 상상력은, "백악기가 내게 말을 걸어
온다"를 통해 원시적 생명력과 융화함으로써 독자를 선
사시대로 이끌고 있다. 화자는 "수억 년 빛과 어둠이 엇
갈려/ 바람이 쓸어 담아 놓은 연대기"를 헤아려 보고,
"순록의 치아를 닮은/ 주상절리"를 더듬어본다. 그리고
"나무 열매를 따 먹은 알라모사우루스"의 울음소리를 듣
고, "익룡과 물갈퀴새"가 남긴 선명한 발자국도 본다. 이
처럼 시인이 형상화하는 선사는 자연사박물관에서처럼
박제된 자연이 아니라 자율적 동력에 의해 움직이는 모
습이다. 옥타비오 파스가 말했듯이 "시편은 두 가지 방
법으로 역사적이라고 할 수 있다. 첫 번째는 사회적 생
산물로서이고, 두 번째는 역사적인 것을 뛰어넘는 창조
물로서이다. 시편은 다시 역사 속에서 육화될 필요가 있
는데, 이때의 시간은 잠재적이며 영원히 현재인 시간이
고, 한정된 지금 여기서 구체적으로 현재화됨으로써만
실현되는 시간"이라는 것이다. 이렇게 볼 때 공룡이 살
아가던 선사시대를 인식하면서 현대와의 접점을 찾는
시인의 눈, 그리고 그 장면을 생생하게 독자 앞에 가져
다 놓는 시인의 표현이 중요한 것이다. 이런 맥락에서

"공룡의 울부짖는 소리처럼/ 천둥이 다가오고 있다"라는
독자들에게 선사시대 공룡의 울음소리를 듣게 해주는,
'영원히 현재인 시간'이 되는 것이다.

소슬바람에 늙은 호박이
반기는 사의재

당신의 가슴에도
불 일던 시절 없었으랴

오늘도 빈 마당에
바람처럼 흩날리는
눈웃음 주워 담는 그대여

문풍지에 묻은 헛기침 소리는
야윈 정 문질러 손금마저 닳았는가
어두운 밤 호롱불 밝히던 사랑
녹슨 돌쩌귀
성긴 봉창 사이에 비친
그림자만 남기고 가버렸으니

텁텁한 막걸리 한 사발이
내게 걸어와
주막집 주모의 입김
풀어 놓는 늦봄 무렵

－「사의재四宜齋에서」 전문

135

사의재四宜齋는 다산 정약용이 천주교도라는 죄목으로 1801년 겨울, 강진에 유배 와서 1805년 겨울까지 4년 동안 묵은 숙소다. 이곳 주막집 주인 할머니의 배려로 골방 하나를 거처로 삼은 것이다. 사의재는 다산이 제자 교육과 집필에 전념하기로 다짐하면서 붙인 이름으로 '네 가지(생각, 용모, 언어, 행동)를 바르게 하는 이가 거처하는 집'이라는 뜻이다. 비록 유배된 처지지만, '생각을 맑게 하되 더욱 맑게, 용모를 단정히 하되 더욱 단정하게, 말을 적게 하되 더욱 적게, 행동을 무겁게 하되 더욱 무겁게' 할 것을 다짐하며 자기 스스로 경계하였다. 사의재는 정치 현실에서 된서리를 맞은 다산이 오히려 실학을 집대성할 수 있었던 공간이었다. 사의재에서 다산은 가슴에 "불 일던 시절"을 잠재우고 주막 할머니와 딸의 배려로 제자들을 가르치면서 「경세유표」와 「애절양」 등을 집필했기 때문이다.

"문풍지에 묻은 헛기침 소리"가 들려올 것만 같은 사의재에서 화자는 "어두운 밤 호롱불 밝히던 사랑"과 "봉창 사이에 비친" 다산의 그림자를 그려본다. "텁텁한 막걸리 한 사발"을 마시며 다산의 자취와 동문매반가東門賣飯家로 불리던 주막집 주모의 인정을 느껴보는 봄은 그렇게 지나간다. "이명처럼 들려오는/ 첫닭의 울음소리// 붓끝에 세월 찍어/ 뼈 깎듯 새긴 글씨// 만월의/ 형형한 눈빛/ 음각 속에/ 스민다"(「정석丁石을 읽다」)에서도 다산 초당의 서쪽 바위에 다산이 직접 쓴 글씨, '정석丁石'을 보며 다산의 마음과 정신적 경지를 형상화하고 있다.

> 자줏빛 곱게 물든 봄날 오후 영랑생가
> 뜰 안 머무는 동안 뜨거워진 붉은 입술
> 초가도 돌담길까지도
> 색실로 수놓은 집
>
> 붉디붉은 그리움 꽃망울 지고 있나
> 오늘처럼 따순 봄볕, 몸 기대 기다리면
> 남도의 넉넉한 바람에
> 집 한 채 짓는 향기
>
> — 「모란의 집」 전문

강진군 강진읍에 소재한 영랑생가는 1903년에 태어난 김영랑 시인이 1948년 9월 가족과 함께 서울로 이주하기 전까지 45년간 살았던 집이다. 1950년 6.25가 발발하고 서울이 수복된 직후인 9월 29일에 영랑이 사망했으니 그가 서울 생활을 한 것은 전쟁 기간을 포함해서 불과 2년 남짓한 시간일 뿐 영랑의 대부분 삶과 집필 공간은 고향인 강진을 기반으로 한다. 영랑생가는 초가집으로 현재 본채와 사랑채 2동만 남아 있는데, 집 뒤편 언덕에는 오래된 동백나무와 대나무 숲이 운치를 더해주고 해마다 5월이 되면 생가 마당에 모란이 활짝 피어 "자줏빛 곱게 물든 봄날"을 마음껏 발산한다. 2수로 된

이 시조는 따스한 봄날에 영랑이 생전에 사랑했던 모란의 붉은 입술과 "남도의 넉넉한 바람에/ 집 한 채 짓는 향기"를 형상화함으로써 남도를 사랑한 시인, 김영랑에 대한 그리움을 노래하고 있다.

6. 시린 꿈의 숫눈을 밟고 온 길

이 시집의 맨 마지막에 수록된 다음 작품은 시인의 삶을 압축적으로 제시하고 있다. 따라서 시집의 표제이기도 한 「눈길」을 살펴보면서 글을 마무리하기로 한다.

숫눈을 밟는다
산기슭 쭈뼛쭈뼛 일어서는 바람 맞으며
마디 굵은 흉터 남긴 소나무처럼
시린 꿈의 우듬지가 자꾸 흔들리던 겨울

가장 추웠던 시절이 지나가고
내 생에서 막막했던 날들이 지나가고
나 여기까지는 걸어왔구나
새벽의 내재율이 내 몸을 감싼다

큰딸로 잠든 동생들 이불을 덮어주고
큰며느리가 되어 혼자서 울어야 했지
어떤 무늬도 일렁이지 못하고 입 다문 물병 속에선

푸른 물소리 출렁이는데

항상 파리한 낮달이 결빙된 하늘에
보이는 듯 안 보이는 듯 떠 있었지

숫눈이 나를 밟는다
꿈결처럼 나를 다녀간 이 길을
한번은 걸었던 것 같기도 하고
영영 처음 걷는 길인 것 같기도 한
미몽의 새벽이면
발자국이 내 생애를 밟는다

— 「눈길」 전문

    화자에게 '눈길'은 큰딸과 큰며느리로 살아온 생애의 통점, 그 트라우마를 의식의 표층으로 끌어들이는 공간이며 그것은 "시린 꿈의 우듬지가 자꾸 흔들리던 겨울"이라는 시간과 함께 존재한다. '숫눈'은 눈이 내려 쌓인 후 아직 아무도 밟지 않은 눈이다. 모두가 잠든 새벽에 내려서 쌓인다는 점에서 혼자 눈물을 삼켜야만 하는 큰딸과 큰며느리의 성정과 유사하다. 요즘은 많은 것이 변하고 있지만, 예전의 가족제도에서 '큰아들, 큰딸, 큰며느리' 등 '큰~'자가 붙은 존재들은 다른 사람에 비해 더 무거운 기대감 속에서 심적 부담에 짓눌린 채 살아가야 했다. 이런 역할을 하나만 하기에도 버거운데, 화자는 살림 밑천이라고 부르던 '큰딸'에, 시부모님을 모시고 살면서 다른 며느리들의 형님 노릇을 해야 하는 '큰며느리'의 역할까지 맡았으니 그 부담감은 상상하고도 남음이 있다. 대식구들이 모이는 '명절'과 같은 전쟁을 한바탕 치르고 나면 큰며느리는 드러누울 수밖에 없을 정도로 정신적·육체적 힘겨움에 시달려야 했으니 말이다. 그러므로 속울음을 삼키며 새벽녘에 숫눈을 밟는 정경은 이런 삶은 수용해야만 하는 화자의 모습이기도 하다.

"가장 추웠던 시절"과 "생에서 막막했던 날들"을 지나 힘겹게도 '여기까지는' 걸어왔음에 화자는 안도의 한숨을 내쉰다. "입 다문 물병"과 보이는 듯 안 보이는 듯 떠 있는 "파리한 낮달"은 큰딸, 큰며느리로 살아온 화자의 객관적 상관물이다. 하여 결말 부분의 "숫눈이 나를 밟는다"와 "발자국이 내 생애를 밟는다"라는 언사에는 철없는 동생들을 다독거려려 했던 큰딸, 혼자 속울음을 삼켜야 했던 큰며느리로 보낸 세월에 대한 자기연민이 스며 있다.

황형자 시인의 시는 본질적으로 모성적인 사랑을 토대로 고향 강진에서의 가슴 저린 기억과 같은 장작들이 모여 시적 언술 방식으로 타오름으로써, 모닥불의 온기를 느끼게 하고 있다. 시인은 바다와 섬을 근간으로 살아가는 존재들에게도 따스한 눈빛을 보내고 있으며, 삶의 본질과 실존에 대해서 고민하기도 하고 그리움과 사랑의 풍경을 짙은 페이소스로 형상화하기도 한다. 그런가 하면 깊이 있는 자아 성찰과 함께 생태시의 가능성까지 보여주고 있다. 나지막하지만 흡입력 있는 황형자 시인의 시는 진정 우리가 무엇을 소망하고 살아야 하는지에 대한 해답을 제시해준다. 이런 맥락에서 강진의 자연환경과 삶, 그리고 자아와 세계를 둘러싼 시인의 진솔한 메시지들은 우리 시의 서정적 휴머니티라는 질감을 고양하는 데에 기여할 수 있을 것이다.

황금알 시인선